사랑을 자꾸 生花라 부르고 싶어진다

 사랑을 자꾸 生花라 부르고 싶어진다

찍은날 ｜ 2003년 3월 15일
펴낸날 ｜ 2003년 3월 20일

지은이 ｜ 조풍호
펴낸이 ｜ 김태석
펴낸곳 ｜ 천년의시작
등록번호 ｜ 제10-2385호
등록일자 ｜ 2002년 5월 16일

주소 ｜ 서울 종로구 도렴동 115번지 삼육빌딩 310호(우 110-051)
전화 ｜ 02-723-8668
팩스 ｜ 02-723-8630
홈페이지 ｜ www. poempoem.com
전자우편 ｜ webmaster@poempoem.com

ⓒ조풍호, 2003. printed in Seoul, Korea
ISBN 89-90235-75-8

값 6,500원

• 잘못된 책은 바꾸어드립니다.
• 지은이와 협의에 의해 인지는 생략합니다.

사랑을 자꾸 生花라 부르고 싶어진다

조풍호 시집

2003

自 序

꽃바구니엔 필경
소멸이 들어 있다.
사랑을 자꾸
生花라 부르고 싶어진다.

II

■해 설

I

공평한 하루

긴 하품 뒤,
둘둘 말린 이불을
조금씩 펴서 뜯어먹는다.
삶의 뒷면을 뜯어먹는다.
언뜻언뜻, 이건 아니지
이건 아니야
했던, 연초록 기억이 난다.
이빨 자국 난 파란창문을 연다.
오, 동시에 갉아먹은 건
사랑과 후회뿐이지.
배부른 것과 등 따순 것
양자택일 끝에,
한나절에 걸쳐 꼬물꼬물 베어먹은
앙상한 길 위의, 배부른

나를

커다란 세월이,
입가심으로 채어 갔다.

탄피 줍는 아내

가재도구에 죄다
딱지가 붙어 있다
두 살배기 푸들 '행복' 이
곁에 와서 마음을 핥는다 창 밖,
비가 내린다
비는 세상에만 내리는데, 방 안으로
빗소리가 샌다
처음에 뚝 뚝 새던 것이 드디어
지붕을 뚫고 후두두 후두두 기총소사
딸애가 쓰러진다
아내가 가슴을 움켜쥔다
'행복' 이 추욱 늘어진다
두 손으로 귀를 막는다 삶이,
손바닥만한 마흔을 관통한다
생활은 빗나가는 법이 없다
—천 발의 빗소리 통과한 뒤
일어서려다 털석 주저앉는다
몸이 헐렁하다 슬픔만,
이불 속으로 숨는다
탄피 즐비한 방, 구석

딸애를 감싼 채 엎드려 있던 아내가
고갤 돌린다 아내의 얼굴이
뻥 뚫려 있다

울래야 울 수가 없게 된 것이다

쥐구멍엔 쥐들만 아는 볕이 든다

화장품 회사 하청업체를 운영하다가 연쇄도산으로 부
도를 맞고 지하 셋방에 들어 있던 부부 얘깁니다. 이 남
자가 회사를 다시 일으켜 보겠다고 여기 저기 뛰어다니
던 시절 이야긴데, 언제부턴가 부인의 화장품 냄새가 월
화수목금토 가지각색이더랍니다. 어느 날은 월요일 화
장품 냄새 속에 토요일 화장품 냄새가 섞여 있기도 하고
어느 날은 화요일 화장품 냄새 속에 금요일 화장품 냄새
가 섞여 있기도 하고 말이지요. 직업은 못 속인다고 이번
엔, 애들 학비라도 벌어오겠다며 식당에 나가기 시작한
부인의 근심 같은 아이섀도가 부쩍 짙어 보이기까지 하
더랍니다. 회사도 회사지만 이거 큰일 났다 싶어 뒤를 캐
보나 어쩌나 하면서 정신없이 전화번호부며, 옷장을 뒤
지다가 문득 경대 서랍을 열었답니다. 증거를 잡았냐고
요? 그랬죠. 증거를 잡긴 잡았죠. 서랍 속엔,

소꿉놀이같이 앙증맞은
견본품 화장품들만

눈물처럼 그득하더랍니다.

1983년, 신림동
—크로키 1

뒤로 넘어져
코가 깨져 있던
다리 밑으로 失足한
달빛이 이쁠 때도 있었지만
개천을 따라 힘 꽤나 쓰던 축대 위,
책임을 전가하던
집들은 몸싸움 끝에,
엎어져 있었다

스타킹을 뒤집어 쓴 아들놈이
엄마를 패고 옷장 서랍에서
가난을 훔쳐 더 가난한
스물로 도망친 다음에야
몇몇 가시내들은 사랑보다
공터에서의 급한 섹스를 먼저
배웠고

어른들이 매맞은 아이들처럼 울다가
딸국질로 밤을 새우기도 했다

슬픈 파스
─크로키 2

서울역 광장에서 보았던 일입니다.
전화부스 앞 한 무리의 사람들 사이로
한 젊은 스님이 가사적삼을 벗어던진 채,
바닥에 누워 가슴을 쥐어뜯고 있더군요.
모여 있던 사람들은 다들 의아한 표정을 짓거나
옷깃을 여미기까지 했습니다.
무슨 사연일까?
적어도 그때까지는 그랬습니다.
구경꾼 중에 어떤 사람이 보다못했는지
스님 무슨 일이세요 하면서 다가가기 전까진 말이지
요.
스님을 부축하기 위해 다가서는 순간,
눈물 뒤범벅이 된 그 젊은 스님이 속옷까지 벗어 던지
며
알몸으로 뒹굴기 시작했는데, 동시에 에워싼 사람들
사이에서
웃음이 들려오기 시작했어요. 초겨울 바람까지 파안
대소하며 지나갔습니다.
왜냐구요. 글쎄, 등을 돌리는데, 희디흰 등에
커다란 파스가 붙어 있지 않겠어요.

언제 사연이 궁금했냐는 듯,

그땐 저도 많이 웃었습니다.

오랜만에, 빨래하는 方法

눈물 콧물
빨래들이 엉기어 있다
서로의 머리를 쥐어뜯으며
한 움큼 분해서
뒹굴면서
이거 안 놔 이거 안 놔
동네 사람들 동네 사람들
광고하면서
한참만에 뜯어말리고 나서야
이런 취급받곤 못 살아 못 살아
악만 남은 채,
길바닥에 퍼질러 시선을 푼다
촤악 촥
산동네 골목길로
널리는 바람

속 때 좀 뺐을라나?

눈물을 표백하는
햇살 부시다

革筆 치는 사람

이름 깨나 고달플 것 같은 중년의 사내가
시장 입구에서 혁필을 치고 있다 알고 보면,
이름 위로 호박꽃도 핀 적 없는 시장통 아줌마
이름 위로 금세
탐스런 살구꽃이 피고 미안한, 봉황이
슬쩍 날아든다
능청스럽게 찍히는 낙관
이 아저씨,
혁필도 혁필이거니와 말 한 번 쓱쓱 잘 친다,
싶어 쭈그리고 앉아 있으려니
몇 사람이
서늘한 매화 꺾어 가고
포효하는 호랑이 몰고 간 사이
잘 생긴 입담이 카세트 테이프처럼 되돌려진다
아, 이 민망한, 바닥난
귓밥 너머로

세월 같은 빨랫줄

옷들이 거꾸로 서서 요가 중이다

저 옷 주인,
매일 단련된 옷을 입고도
슬쩍슬쩍 이름의 계급성을 들키기도 하겠구나,
싶다

탑골공원의 봄

八道 할배들
비둘기처럼 모여드는
탑골공원의 한낮
관상쟁이 할배, 관상 한 번 보아하니
말년운에 밥은 굶지 않겠는데
할배들 얼굴에 써 있는 건
장편소설뿐이네
개근하던 홍氏 할배 안 보인지
닷새째여서
곱사춤 배꼽 잡는 백구두 할배도
한 잔
김가야 오가야 다 맞먹는 최상사 할배도
한 잔
낮술 취하면 이게 일장춘몽 아닌가배
오래 갈아 신지 않은 마음,
냄새가 날밖에
김 모락모락 나는 국수 그릇이 돌고
훈수 두고 싶은, 세상 이바구
온기 남은 신문 착착 접으며
조용조용한 유氏 할배

미련은, 세월의 앞쪽에 쌓여
녹지도 않았네
겨우 핀 꽃잎
퇴근 무렵으로, 후울 날리면
멋모르고 몰려드는 비둘기 떼
점점이

저승꽃 같네

진아 OB

생활이,
맥주 병마개처럼
뻥 뻥 뻐—엉
따지는 거라면
무슨 걱정이랴
꼭 월급날처럼
호기를 부리는
표정의 지갑 속에,
質보다 量으로 승부해온
오래 전의 증명사진을 중년의
주인 여자야
알 턱이 없고
우리사 잔칫상에도 못 오르고
요로코롬 가난한
주탁에나 오르는 멸치같이
톡 톡 쏘는 고추장에 머릴 쳐박고
맹초처럼 독해져야 할 뿐
변하지 않는 레퍼토리로
건배와 위로를
과일안주처럼 만나는 건데

가끔 들통나는 군번과 눈물도
씨팔 하나로 깨끗이 훔쳐내고
그리움의 뼛속으로 들어가 쫘악
大字로 눕는 건데
추억이 숙취임을, 쓰린 속으로
느낄 때까지

새삼, 가난을 말해서 무엇하랴

역(驛)

兵長의 마지막 휴가의 마지막 날 같은 서른
광장과 차도의 경계선을 따라 벤치가 놓여 있지만
이미 경계선이 되어버린 세월
마음의 어깻죽지가 가려운 늙은이들만
비둘기처럼 앉아 있다 이별은,
바둑알처럼 깨끗해야 한다
떠날 건지 돌아온 건지 모르는 중년의 사내나
눈물이 얇을 것 같은 계집애는
술 냄새의 도수로 사주(四周)를 들키기도 하겠지
빼곡이 그리운 표정의 부랑자
우두커니 길어진 그림자가 조그만 와불(臥佛) 같다
천국을 목에 건 종교인들의 확성기를 빌려
오래 기다린 사람들 입에 들이대면
깔깔거리던 웃음소리마저 슬퍼지리라
바람처럼 화끈하게 보고 싶으면
눈을 감아야 한다
미안하다 여인아
마음에는, 천 개의
마패가 있지만 보여준 건 다

가짜였다

熱帶夜

예닐곱 살쯤 되어 보이는
아이들에게서도 종종 발견되는 것이긴 하지만
파자마에 러닝셔츠만 걸치고
골목을 활보하는 이들의
면면을 살펴보면
환갑을 지나 보이는 늙은이들이
대중을 이룬다

어느 축에도 끼지 못하는
삼십 대인 우린
동네 슈퍼에 가는 데도
외출복으로 갈아입는다

시원한 老子들이 부럽다

소문의 진원지

젊은 부부여, 만약
그대들이 잘 나다니는 성격도 아니고
숫기도 없고 말 없기로도
유명한데,
이사간 지 얼마 되지 않은 곳에서
이끼를 걷어내야 알 수 있는 시시콜콜한 연애시절 이
야기며,
내다 팔 수도 없는 詩나 숨고 있는 방구들 이야기며,
이불 속 눈물까지
소문이 쫙 퍼지고 있다면,

젊은 부부여, 그대들이 사는 곳은
아주 가난한 곳이라는 증거다.
그러니 인정하고 살면 그만이다. 그런데도,
그런데도 소문의 진원지가 궁금해서 못 견디겠다면

잠자리 뒤척이지 말고, 한밤중에 일어나 옥상에 올라
가 보라.
그러면 오! 그러면
앞집 옆집 뒷집의 문을 열고

살금살금 걸어나오는 그림자를,
골목 어귀에 모여 쑥덕쑥덕 있는 얘기 없는 얘기
다 쏟아놓고 빈 몸으로 돌아오는 그림자를 보게 될 것
이니.

방정맞은 우렁각시들을

눈물 다 비운

깨끗한 쓰레기 봉투들을

dreamman

소녀의 동생이
컵라면 뚜껑을 열고,
후루룩 후루룩
면발과 국물과 눈물까지
싹싹 비운 뒤,
쫀득한 표정으로 벽에 기댄다.
웃다가 시무룩해지다 웃다가 시무룩해지다
아이가 잠들고,
한밤중이 다 되어서야 들어오는 소녀.
벗어놓는 옷가지들이, 생활 같다.
윗목에 깔린 이불 속으로 들어가 턱을 괴자
누추해지는 방. .
소녀의 고단한 눈 속으로
'나' 온갖 체위로 들어가, 상심한다.
평화의 골격은, 이렇듯 노곤하리라.
나를 끄고 끄응 돌아눕는 소녀.
산동네
가로등 너머.
이불을 걷어찬 것밖에는,
아무것도 차내지 못한 남매

잠든 얼굴 위로,
'오늘' 같은 '내일'이
예약 녹화된다. 여분의 전기로,
남매의 꿈 속에

예쁜 길 놓아주었다.

눈(雪)을 위하여

車道 위로 누더기, 눈(目) 비비니 비둘기였습니다 우리들
의 生처럼 미처 피하지 못한 겁니다 卽死하는 것도 일종
의 福이었습지요 눈이 내립니다 눈은, 손바닥에선 녹아
도 용케 송이 송이 누더기를 덮고 산동네의 골목들과 그
위의 발자국들과 발자국의 생김새를 덮을 수 있겠지만
그러므로 간혹, 아늑해지기도 하겠지만, 누더기의 눈망
울과 산동네의 불빛과 불빛 속의 악다구니와 악다구니
속의, 눈물을 덮지는 못하는데요 믿고 싶은 겁니다 잠시
일손을 멈추고 두 팔을 벌리면서 휴우—안도하고 싶은
겁니다 눈이 내린다고 평화가, 내리는 것도 아닌데 개들
처럼 마냥 행복해하고 싶은 겁니다 골목을 돌아 청춘이
있던 자리, 설레고 싶은 겁니다 저, 저 깃털을 봐 우리가
유포한 평화를 봐 눈앞을 가리는 저,

　　낡은 상징 앞에서

　　지지리도 福 없이 한숨처럼 명줄만 기인

　　우리들의 생애를 둘러싼

평화의 뱃속을 봐

전철 속에서

점검되지 않은, 하루를
살아내기 위해
대피하듯이, 전 생애를
밀어 넣는 사람들, 한 발짝씩
뒤로 물러나주는 건 일찌감치
노선이 다르다는 걸,
인정하고 싶기 때문이다
손잡이 부근에
자리를 잡은 다음
외면하는 버릇
물끄러미 바라볼 수 있는 건
차창 속의 내 얼굴뿐
서로의 삶을 지나가는 일은,
미안함을
억, 하고 발등의 통증으로 대신하는 것은
나이 탓이라지만 한 가지씩
내려야 할 이유를 끌어안고
번역소설이나 손 끝에서
눈을 떼지 않는 건
외로움이구나, 하고

등만 닿아도,
마음이 닿은 것처럼
뜨끔해지는,

이 곳은
오래 전에 와 본
젊은 날의 初入 같아

때때로

눈부시게 갈아타고 싶은, 아침

굿모닝, 부르카

카불 주재 미군사령부는 잘랄라바드시 동쪽으로
15km쯤 떨어진 곳에 위치한 한 작은 마을에서
탈레반 잔당 소탕작전에 투입된 미군 전투기 조종사의 실수로
포탄 한 발이 결혼식이 열릴 예정이던 마을회관에 떨어져, 하객으로 와 있던
근방의 친인척 수십 명이 사망했다고 발표했다.
죽음을 부케로 받고, 온몸이 꽃처럼 터져서 오순도순 죽었다고 발표했다.
입구에 모여 있던 신발들은 살아 남았다고,
엄숙한 전쟁 中에 드물게 일어나는 불행한 사고였다고,

반문명적인 테러와 분명한 선을 그어달라고.

마릴린 몬로 여사를 위하여

정통한 소식통에 의하면
요즘 마릴린 몬로 할머니는
치매가 악화돼 모처에서 오래 수발해온 침모와
단둘이서만 지낸단다 케네디라는 아이를 낳다가 잃은 뒤
영화배우 은퇴 발표식장에서 예쁜 점을 쓱쓱 지운 뒤
그리움을 포함한 모든 종류의 금단증상을 이겨낸 뒤
불현듯, 금발의 햇살 뒤로 숨었단다

커다란 환기통 밑으로

세월이 고함을 치고 지나간 것도 모르게 되었단다

서부시대

황금이 묻혀 있다는 곳엔
어김없이, 마을이 들어섰다
맨 먼저 교회가 올려지고,
좌우양편엔
열 두 제자 대신
술집과 유곽이 들어서고
건너편엔
푸줏간과
관(棺) 같은 집들이,
간판을 달고 불을 켜고
흙먼지를 기다렸다

선인장을 끌어안고
날마다 피 흘리는 태양

그 곳엔,
말에 오를 때나 내릴 때나
술잔을 들 때나 놓을 때나
한 손은
허리춤에 있어야 한다

현상금이 걸려 있는
세월과의 혈투
누가 먼저 뽑았든,
사랑을 한 자들은
모조리 방심한 자들이었어
이별도 열심히
관(棺)을 짜는 일
바람에도 火印을 찍어야지
당분간 고용되는
황야의 총잡이들,
뱃속에 몇 개의 총알쯤
훈장처럼 박혀 있어
밤이면 술을 뱃속에 붓고
소문으로 떠돌던 광맥을 발견했지

(서부시대,
등이 허점이듯이,
모든 것의 뒷면을 조심해야 돼)

오늘의 운세

눈을 뜬다
조간신문처럼 탁,
배달된 아침
주인집 할머니가 소금을 뿌린다
꿈까지 재수 없으면 정말이지
樂이, 없다 까짓 것 그래도
오늘은 햇살이 코끝에서 지저귀더라
출근버스 타 봐라 어제도 그제도
극적인 순간에 나타나
도와줄 貴人은
차창 밖에만 있었다
어제도 그제도 하루를
즉석복권처럼, 천천히
아주 천천히
긁을 사람이 옆자리에 타거나
앉지 못한 사람들 중엔 친구와의 금전 거래를
끊어야 할 듯한 사람과 건강 안 좋아지니 더욱
신경 써야 될 듯한 사람과 시비수 따르니
조심해야 될 듯한 사람과 아는 길도
물어 가야 될 듯한 사람들로

빽빽했다 정말 까짓 것
주인집 할머니의 굽은 등도
손주를 보면 활처럼 팽팽해지기도 하는데
누가 알아?
까짓 것 하며 걷는 내 뒷모습을
貴人이었다고 느끼며 스쳐갈 사람도 있을지?

좋은 하루 되세요
요런 운세 풀이라

최근의 식단

메뉴의 맨 끝줄엔 늘
기다림이 있다

세월을 짐 지고 수고했지만
볶고 구울 미련만 남아
곧잘, 不眠이 차림이었고
인정할 걸 인정하고 나면
이미 지난 일이었다
앗, 뜨거 귀를 잡고
가슴에 엎지른 것들
눈물 하나라도 투명해야지
벼르고 벼를 뿐인 삶
빵만으로도 살 수 있기를,
간절히 주문하였으나
자주 후회와 겸상하여 앉아
외로움에도 간을 쳐야지, 했다

노릇노릇해지는 햇살

등 푸른 생선에서, 바다 냄새를 발라낸다

뼈 드러난 것들이, 목구멍에 걸린다
질긴 것이 어디 살코기뿐이랴
마음에도 다이어트를 해야지, 하지만
칼로리를 따지지 못한 추억 때문에
두 공기의 밥을 비우고,
무책임을
나이 탓으로 돌린다
세월이

설거지처럼 쌓여간다

II

서른 살에 쓰는 그림일기 1

사랑을,
다쳐 본 사람은 알아

엄두가 나지 않는다는 말 불쑥
생각의 갈피에서 떨어지는
사진 한 장 쓰윽
미소를 지우고
팔짱을 풀고
근심스런 얼굴로 네가 떠난,
오 다정했던 한때

아주 오래 된 일이구나
깨닫는 것

엄두가 나질 않아

처음으로 잤던 네가 처음처럼 옷 벗는 꿈

서른 살에 쓰는 그림일기 2

비가 내린다 치통처럼
뿌리깊은 것들
그것이
용서일 필요는 없고 더더욱
연민일 필요는 없어
품속의 사진처럼 나는
스물인 너를 기억하고 너는,
서른인 나를 떠올리겠지 폐광(廢鑛)의 세월
시대가 연애까지 지배하던 때
조금 미안해진 마음으로 불콰해지던
단풍나무, 숲
향기만 줍고 돌아온 그 날
우리가 잃어버린 것은 뭘까?
시대처럼 천천히 실패한 사랑
화근은 늘

오랫동안 버려둔다는 거지

나와 동거하던 것들

이삿짐을 옮긴다 아팠던 날들이,
손에서 마음으로 묵직하게 전해진다
깨지기 쉬운 건 깨지기 쉬운 것끼리 모여
부스럭거린다
다 드러내야 떠날 수 있으리라 세간살이도,
세월도, 관계…도

난 자리가 큰 건 비단
사람만이 아니구나 가구가 놓였던 자리엔
찾다가 포기한 것들, 이를테면
머리핀, 단추, 실반지 사이로
꿈, 사랑, 화해 같은 것들이 버려져 있다
(저런 걸 추억이라고 그러나?)
마지막 가구를 옮기려는데 툭,
가슴으로 떨어지는 서류 봉투

추억을 뒤집어 쓴 통장 속엔
순진했던, 여자와의 간지러운 한때

휴면계좌로 처리된 스물 다섯

리허설

햇빛 많은 날
세수하고, 이 닦고 분장한다
파마한 나무
파마 푼 나무
그리움도 배역에 따라
의상이 다르지, 아마?
스물은 커트를 치고
오늘은 화창해야지
거리로 거리로
출연하는 사람들, 사이로
오랫동안 행인인 바람,
덤덤히 지나간다
그 많은 내일을 小品으로 놓고
마음이, 꽃묶음처럼 시들도록
무대 뒤에 서 있는 세월
조금은, 나아지겠지 뒤돌아보면
남이 된 슬픔
남이 된 사랑
남이 된 날들
희비극쯤으로

날 저물어
어둠이 하나 둘씩,
객석으로 들어차면
저, 좀 있다 들어갈께요
전화기 앞에서
그 모든 등장인물들이 쓸쓸해보이는 건
품고 있는,
대본이, 대본이 다르기 때문이다

낮꿈

꿈에서, 그 사람의 옛날 모습을 답장으로 받은 날. 무
릎 썰다 손을 벤다. 한 방울

꽃잎이 진다. 창 너머, 길목이 꿈틀거리다 해변이 된
다.
발 밑에서 모래톱이 서걱인다. 그 사람이 물처럼 돌아
서고 있다. 손으로 움켜낸다. 눈물이 한 움큼 꺾인다.
슬픔에도 이름을 붙여야지. 그 해,

우리가 묻은 꽃씨 움트지 않았으나, 확인하는 일은 늘
두려움이어서, 가을이 빨리 왔으며, 했다. 송이눈.

세월은 우릴 이기고 있었네

눈이 그친다. 솔숲 눈꽃처럼 풀석 풀석 울던, 여자는, 없
다. 둥근 해변이 천천히 角진다. 확고하게, 생활인, 저 골
목을 돌아 누군가 길 물으러 오면, 미소지어 주리라. 아
니, 아니, 저 세월과 망각의 두 블록쯤 꺾어 들면, 온몸이
연초록인 무지개가 그때부터 이곳까지 걸 려 있어 알아
볼 수 있는 건, 그림자로 슬며시 들어오는, 후회뿐일 거

라고, 귀뜸하리라.

　세월의 색깔 탓이라고
　외면한 채,

　　　　　알려주리라.

문자 메시지

태풍의 소멸처럼,
사랑도
눈물도
꿈도
흐지부지

어쩌다 우리가 이렇게 되었냐.

이젠,
간식거리도 되지 않는
절망.

필름이 끊어진 건
많이 미안했기 때문이다.

일어나면,
연락줘라.

요즘은 만나지 않을 때보다
함께 있을 때의 안부가

더 궁금하다.

첫사랑

바람이
기습 키스하고 지나간
민들레처럼,
마음의 꽃씨 죄다
날려보낸 적 있었지.
하르르
날려보낸 적 있었지.

들을 지나
길목을 지나
마당쯤인 요즘.

눈덩이처럼 불어난
목련처럼,
후회며
세월을 끌어안고
지고 싶네.
툭
지고 싶네

알고 보면

눈물이 꽃처럼
피고 지던 어떤 사람은
헤어질 때까진,

연인이 아니었네

패

선뜻,
악수하고 돌아온 날
말속의 뼈 고르는 버릇이 늘고
하루의 끝에는, 집이 있다는 게
새삼스러워지는, 밤
'光이나 팔 걸 그랬어'
싶을 때가 있다 그럴 땐 이미,
늦어 있다 생활도 그렇지만 사랑도
늦었다고 생각할 때가
가장 늦은 거다
자리를 털고 탁,
문 닫고 나간 사랑
기다림은 본시,
본전 생각나는
통속이어서
마음이 뻐근하도록
내 차례로 돌아온

서른
내키지 않는 일 많아져

이젠,
手中의 패라도 보여줘야 겨우

마음을 열겠다

시사회

그 영화에 출연해서 한 삼십 년 살았다 때론 별당아씨를 엿보기도 했으나 우린 멍석말이나 당하는 하인이었고 백 번도 더 도망자거나 화적이거나 시체였다 "태어난 걸 후회하게 만들어주겠다." 남자 주인공이 칼을 빼면 수고했어요 옷에 묻은 먼지를 털고 일어나 피묻은 옷을 갈아입었고 국밥 食券과 세월을 출연료로 받기 위해 줄서서 기다리면서 내일도 결국은 또 도망치거나 처치될 거래, 수근거렸다 예술이란 게 원래 배고프고 힘든 거요, 조감독이 따르던 소주 너무 투명해, 예술이 왜 생활 같지요, 칼자국 난 얼굴인 채로, 피 쏟을 몸뚱이에 쏟아 부으며 뜨듯하도록 외롭기도 했지만 위들의 꿈엔 복선이 깔리지 않아, 드라마틱으로 처리되지 못한 사랑과 조명판을 빗나간 섹스가 덩그렇게 정박해 있던 여인숙 클라이맥스로 달아난 여자가 보고 싶어 마음이 동공처럼 똥그래지면 추억과의 혈투신은 윗부분이 다 잘린 채 다리만 가득해서 그 많은 다리 중에 서로의 다리를 찾느라 줄거리와 감동을 놓쳤다

집

오늘도 많은 것들이 다녀갔습니다

구름이 예고편으로 다녀가고
소독약이, 겨드랑이며 다친 발목을 다녀가고
햇빛이 잠시, 똥개의 혓바닥처럼 다녀가고
추억 속의 여자가 초인종 소리처럼 다녀가고
재첩국 아줌마와 계란 파는 용달차와
어린 가시내들의, 비누방울 같은 웃음소리 끝을
그리움과 후회 등속이 확성기로 다녀가고
이 후미진 나라로, 푸른 저녁이,
일수 끊는 아줌마처럼 다녀간 뒤

하루를 악착같이 서 있는 전봇대와
골목 속의 소곤소곤한 뉴스와
그리움의 뒷모습과
못 다한 이야기들의 옆얼굴이
알전구의 온몸을 천천히, 오버랩으로
다녀갔습니다

바람은 늘 기다림에 대한, 최후통첩이더군요

추억의 房

대책 없는 생활

연애는, 구형냉장고처럼
자주 고장났다 그 밤
삐걱이는 침대와 침대를 이루고 있던,
신음소리의 코드를 뽑으며
그녀가 말했다 결혼은 현실이야
창 너머,
단단히 결심한 말투의
비가 내렸다

장마 같은 세월

기다림은
기다림에 불과했다
비가 자라는 房
이별에 道가 트일 때까지
또 다른 이별이 오고
뒷모습 닮은 이 많아진 날엔
더 많아진 저녁으로 가서 한 삽씩

후회와 상처를 묻고 돌아왔지만
삶의 어떤 종류엔 인이 박혀 있어

불면의 뿌리에서 꽃이 피기도 했다

미니방

도로변 옥탑
미니방에 살 땐,
생활도 미니미니했다
고단함을 잠옷으로 걸친 채
끄응 돌아눕던, 어린 여자의
착한 마음에 뒹굴뒹굴
얹혀 살면서
詩가 노동은 아닌 것 같다고,
차마 고백하지 못했다
열심히 미안해하는 것으로
용돈이나 책값으로 받은 돈을
왕창 술값으로 날린 뒤,
외상장부 같은 일기장엔
너에게 너무 많은 빚을 졌어,
라고만 썼고
밤이면
마음 속의 별들이,
하늘로 올라가
개구리처럼 울어대었다
(세상으로 가는 길은, 허방임을, 옥탑은 알았을까?)

거리로 돌 던지면
무늬 무늬 번지던 幼年
이따금, 이 시대의
횡설수설을 실은 택시가
황급히, 마음을 지나갔고
바람의 볼륨을 줄이면,
조용조용 세수하는
어린 여자의 코 푸는 소리
아득 멀어져
판을 엎으며 오는 아침이나 시대는
꿈 속이었다

幼年의 방

어머니는 창문 저 쪽
세상으로 출근하고 있었다
안전하게, 방에 남겨졌다, 나는,
뜯겨진 동화책처럼 궁금한,
우리들의 결말을 손꼽으면서
누이를 천 년 동안 잠재우고
악당을 찾아 나섰고
누이의 꿈은 깨어나지 않았다
아무리 입맞추어도 풀리지 않던,
저주와 마술의 하루

곳곳이 뜯겨졌다

다락방

연애가 힘들 땐,
사상에서조차 술 냄새가 났다
검푸른 밤하늘엔 곰팡이가 피어
마음에도 뜨지 않던 별
죽느냐 사느냐의 문제가
'왜' 에서 '어떻게' 로 옮겨가고 있었지만
내가 살던 생활은
'무엇을' '언제' '어디서' 들로
힘겨워
늘 깔려 있는 이불처럼
가까이 있는 가난이며
그해 유행할 줄무늬 외로움이며
날마다 돌아온 저녁이,
벽과 전기장판이 되었다

입맞춤보다 뜨겁던
후회

눈감으면,
뼈 드러난 파이프로

빗물소리
멀리 흘러가
내 몸으로도,
애인의 미소나
끝없이 헝클어진 길들이
천천히,
개숫물처럼 흘러갔다

2월

또 수도관이 터졌다
몇 달 분량의

폭설

발목 삔 집들이 끙끙 앓는다

잊어야 할 일들, 빨래처럼 밀려 있다

젖은 외투 곁에 내가 눕는다
밤새 외투가 뒤척인다

당분간 쾌쾌하겠군
등 돌린다

4월

黃砂 바람 다 빠져나간 뒤

귀를 씻는다
거울을 보니

귓바퀴에 풍경이 걸려 있다

미련이, 모래처럼 씹힌다

하늘로 뻗어진 별들

나는 다만
서늘한 목구멍으로

풍경소리 얼얼할 뿐

감자에 대하여

푸른 혈관 속 독기 품고
싹마저 틔운 감자 한 알
장작더미에 파묻는다
달구어지는 거죽, 빨리 오는 건 아픔이었다
가슴의 이쪽으로 번지는 毒
장작을 헤집어 감자를 꺼낸다
저 혼자 터진 껍질, 그을린 상처 속으로
毒이 있던 자리 멍들어 있고,
단단히 버틴 속살
속살만 다시 파묻는다 얼마를 기다려야 하나
불 솟구면,

눈이 맵다

가을 山寺

말(馬)처럼
살진
나무들 사이로
채찍 같은 길
마음이,
발바닥처럼
아프고 나서야
山寺가 있네

돌아앉은
돌부처 같은
붉은 바위 곁

꺾지 못한 꽃
몇 송이 보았는지
암소를 끌고 가다 멈춘 듯
노스님 한 분

(단풍잎이 언제쯤 다 지려나?)

눈감으면,
마음의 境內로 들어서는
싸리비 소리

귀향

나비처럼,
꿈꾸어도 좋았을라나?

니, 언제부터
인생이었노? 길은

멀어서

풀꽃데미 속에
눈길 파묻고

장주는 어디 있을꼬?

노랑나비
다친 날개에

손금, 대어보네

不惑

너무 점잖아진다는 건
함정에 빠졌다는 증거다.
하여 중년들이여,
새벽, 오랜만에
아랫도리가 텐트를 쳤다면
힘차게 감아 올린 나팔꽃처럼
뿌듯한 미소라도 지을 일이다.
아내의 바가지도,
눈치 잘 긁는 늙은 똥개처럼
뼈마디 우두둑 소리나도록
반갑게 맞아주는 것.
정말 늙었을 때
구박받지 않으려면
돌부리에 걸려 넘어져
무릎이 까지듯,

아직은 세상과 부딪혀야 하고
목구멍에 가시를 박아 넣고
훗날 돌아볼 흉터쯤 서넛
준비해둘 일이다.

싸워야 살아 있는 것.
점잖아지기엔,

세월의 눈썹이 아직 길다.

III

늦둥이

햇님 엉덩이나
달님 엉덩이에
용수철이 달린 게 분명해
요 놈 엉덩이도
지그시 눌렀다가 화락 놓으면,
뽕옹 커져서
둥근 얼굴에 각이 탁탁 져 서는
아부지, 나 괴론 일 많은데
쐬주 한 잔 사주세요
할 거 같다

하, 잽싸게도 큰다

한 살배기 딸에게

아이야,
네 눈 속의 눈부처*를 보니

귀는 작고
얼굴은 못생긴 데다 이마엔,
세월이 번쩍, 주름으로 잡혀
욕심이 낳은 罪 같구나 사는 동안

그 부처

네 속에서,
가부좌틀지 모르니

이젠 네가,
내 窓 속으로 들어와 봐라

*눈동자에 비처 나타난 사람의 형상

지게 위의 어머니

저녁

세월이 풀어낸
안개 속
헝클어진,
산길 오른다
어머닌 꽃짐보다 가벼워
무거운 걸음을 떼다 오오
이렇게 가벼워지느라
추억을 다 버렸구나
굽이굽이 침침한 그리움으로
저기 꽃들 좀 보아
멀어지는 집을
자꾸 뒤돌아보며
미련은 눈에도 없어
흐려진 초점
동구 밖,
아버지 손에 들려 있던 굴비처럼
흔들리는

어머니 열 두 고개 넘어

푸른 소금기둥 부려 놓고 왔다

공양미 삼백 석

다리 절며 지나갔다.
강아지 한 마리.
가까이 다가가자
점잖게 경고하다,
알아들은 내가 재빨리 꼬릴 내리자
꼬리처럼 감출 게 많았던 내
젊은 날을, 천천히 지나갔다.
집 나온 게 분명한
꼬질꼬질 알거지 주제에
무슨 일이 있었냐는 듯,
배포 유하게 지나갔다.
밟으면 꿈틀할 것 같은 길을,
휘파람 불며
절룩이며
지나갔다.

햇살이
햇살 같았던 것들과 함께
다함께 미꾸라지처럼 쏜살같이 빠져나가던
오후의 길 위를,

성깔 있는 부처가
앞서 갔다.

마흔에 딴 박 앞에서

눈물도, 따독따독
잘 묻었으면 톡톡
박이 되었을까?
바가지는 되었을까?
하기야 마음 이곳 저곳에
꼭꼭 여문 박이 주렁주렁 해도
걱정이다
박에서 좋은 것이 나올지
낮은 것이 나올지 알 수가 있어야지

내가 놀분지 흥분지는 딱 알아야 쓰것는디!

우리들의 향단이

팔자 고친 춘향이가
요크셔테리어를 끌어안고 산보 나가는
엘리베이터 옆 계단.
몸매로 쳐도 한 數 위였고
뒤치다꺼리 눈치코치도 한 數 위였고
애교와 절개가 춘향이에 뒤지지 않았는데,
그네 한 번 놀아보지 못한 향단이가
세월이 엎치고 덮쳐 쪼글쪼글해진 향단이가
신주를 반들반들하게 닦다가,
매일 매일 단오 같던 새댁 시절 생각에
엷은 창포 냄새 나던 새댁 시절 생각에
풋 푸웃 웃는답니다.
그렇게 한참을 앉아 있다가,

목마른 향단이가
방자가 근무하는 경비실로 걸어간 오후.

春風 氏의 성공담

春風 아재가 왜 우리만 보믄,
먼저 욕심을 버리라 욕심을 버리라 하는지 아세유?

　그게 그러니께 春風 아재 총각 때 얘기지유. 왜 돈 벌
어 보겠다구 부산으루 내뺀 적 있잖유. 신주 모시듯 하든
공장 밥집 막내딸을 변반장인가 하는 놈한티 덜컥 뺏기
구 난 그 시절 얘긴데유. 사람한티 잃은 정은 사람한티
찾으라구 마음 써주던 추월이란 애한티 마음이 갔나봐
유. 여자가 젖살 있을 때야 맨 얼굴이 뽀송뽀송 분바른
얼굴 아니유? 여자 뺏겨 본 전력도 있겠다. 요렇게 이쁜
건 그저 도장을 콱 찍어놔야 내 사람이다 했는디. 그렇다
구 옛날에야 어디 지지배들이 엉덩일 쉽사리 놀려주남
유? 냄비 얹구 불 쏘시구 열심히 뜸 들여두 줄까 말깐디,
아 그래 밤새 짜낸 게 通禁 오기 전에 술 진탕 멕여 업어
가자 그랬지유. 그래 公日 전날 옷 짝 빼입구 밥 사주게
하니께 추월이두 아주 맴이 읎든 건 아니라서 거까정은
식은 죽 사발루 먹기였다네유. 못 이긴 체 따라온 추월일
고깃집으루 델구 갔다는디, 일 년 가야 고기 한 점 먹을
까 말까 할 때니, 포동포동 살찌워 덥석 잠묵겠단 심사
아니었겠슈? 암튼 그 담은 일사천리루 고향 얘기 함서 한

숨두 쉬어보구 엄니 애기루 눈물두 비춰 주구 요러 조러 해서 한븐 멋지게 살아 보겠다. 침두 튀기구, 한 마디루 모성본능을 팍팍 자극한 건디, 이게 살살 멕혔는지 추월이가 입에두 못 댄다던 술을 홀짝 홀짝 받다가 정신이 깜박깜박 하더래유. 그래 옳거니, 하구 여인숙 앞엘 갔는디, 여자 육감이 오죽해유. 잠깐 정신이 와선 나 집에 갈래 집에 갈래 하는 걸, 응 응 여기가 집이구먼 집이구먼 하믄서 어떻게든 방까정 델구 갔데유. 그래서 우트게 됐냐구유? 아, 이장 사모님 마이크 잡은 것두 아닌디. 거 보채지 말구 진득허니 들어보세유. 한국 사람 애긴 끝까정 진득허니 들어봐야 한다구 안하남유. 그랬는디… 아무 일이 없었데유. 뭐라구유? 시방 멀쩡한 사람 놀리냐구유? 아니에유. 아닌디, 참말루 아무 일이 없었데유. 암튼 진정하구 제 말 좀 들어보세유. 그게 우트게 된 거어냐 하믄 말이에유.

春風 아재 지가 술을 더 많이 쳐먹었든 거래유.
새벽에 깨어난 추월이가 걸음아 날 살려라 하구 도망 갈 때까정,
밤새도록 베개만 끌어안구, 추월 氏 사랑해유, 사랑해

유 했든거래유.

화엄 가는 길

살아 봤어? 살아 봤니? 만져 봤니? 만져 봤어?

만져는 봤냐구? 너 정말 만져 봤다구 생각하는구나?

아니야! 아니야! 아니라구! 아니라니까!

만만하지 않았지? 그렇지? 그런 거지? 그런데 이상하다?

그 눈빛은 뭐야? 도대체 그 눈빛은 뭐냐구? 뭘 말하려구 했던 거냐구?

아무래두 너, 슬픔을, 물컹하게 만져 봤다구 생각하는구나?

(부처도 힘들어서 못해먹겠다고 강아지 한 마리

찻길 가에 누워 있었다. 눈에서 대웅전을 비운 채, 누워 있었다.

걸어서 가던 길을, 누워서 가기로 결심한 듯,

참 작은, 삶의 골격이 누워 있었다.)

立春

별 뾰족한 수 없어,
대기만성하는 나무들

움트니

마음이 분분하다

바람이, 大食口로 이사하고

개구리처럼 멀리 뛰는
봄볕

추억아,
햇봄엔
옷이 잘 말라

하루에 세 번이라도
시집갈 수 있대더라

(그리움이 大吉이다)

젖 조옴 주세요오

아자자
해님 들어올리신,
하늘님
후들거리는
가랑이
아래.

다들 고마우신,
이불님.
쌀밥님.
밥그릇님.
세숫대야님.

너머

길 위의
신발님 이마를
들이받고

요란한 게송 끝,

成佛하신
깡통님.

그 곁,

보도블록 틈으로
따*님이 낳으신
풀꽃님.

으아앙
깔딱이는 목젖.

*地

봄바람

노름판에 있는 남편을 찾아가는 形局이다.

강아지풀이 털을 세운다.

팔 걷어 부친 미루나무.

오래 산 남편 같은 봄바람이 웃긴다고

개나리꽃 향기,

얼굴을 할퀴었다.

나, 앙상해졌다.

국도의 힘*

인도 차도 보도 간선도로 이면도로 고가도로 등등
길의 종류와 명칭은 많다
전용도로는 不惑쯤 돼서야 가보는 독특한 길이다
갓길은 젊은 날의 충동처럼 늘 삶의 곁에 있고 사랑은
사고였다
새참처럼 만나는 나무 그늘과
그늘들의 나지막한 독경소리
고속도로와 국도는 도착지만 같을 뿐
백미러로 만나는 길의 색깔이 다르고
기다리는 풍경이 다르고
추월의 가치관이 다르고
가야 하는 이유가 다르다
앞만 보고 달리다
연쇄적으로 부딪히고 찌그러진 채,
올망졸망 이어진 山들의 느린 파도타기를
꿈꾸면서 깊숙이
갈 데까지 끝까지
달려가는 자들의 모순을 휴게소처럼 만나는
오후

화사한 그리움이 코스모스처럼 쭉 깔린 국도를 가본
적이 있는가

*홍상수 감독의 영화 제목 「강원도의 힘」을 변용함

아침

어머니가 빗질을 한다
한숨이 수북하게 빠진다
아버지, 광대뼈가 부어 있다
아래턱이 쓰라려오면서
아구가 잘 맞지 않는다

장화로 갈아 신고 어미돼지 묻으러 가는 길
안개가 표나지 않게 거덜난다

옛 교정에서

잘 살아보세, 잘 살아보세,
우리도 한 번 잘 사라보자고
농투성이 뚝심 좋게 눌러 앉아
고만고만한 애새끼들 제법 되어서
이 오지에도, 분교가 섰더니라

새벽종이 울리고
새로 부임하신 뿔테 안경 총각 선생님
젖꼭지 까매지던 순이 누나
두근두근하는 밥조차 오고 가고
코스모스 심었더니 길도 잘 보여
아이들 함성이, 햇살 되어 꽂히기도 했더니라

교정만큼, 빈집이 늘고 묵정밭이 늘고
배추 돼지 눈물 콧물 다 묻어도
이순신 동상처럼 꿋꿋할 줄 알았더니

그 옛날, 모올래 야반도주한 건지
웃자란 풀숲으로 꼭꼭 숨었는지
책상도 없는 빈 교실엔,

벌 청소하던 햇볕만
동그마니 앉아 있네

도전! 지구 탐험대*

요즘 아내는 우리말 배우기에 여념이 없습니다.
썬텐이 필요 없는 피부에 눈물을 곧잘 번쩍입니다.
철재 妻는 교사 출신인 연변댁입니다.
화가 나면 중국말이 튀어나오는 교폽니다.
정교 妻는 필리피논데
바나나잎처럼 환하게 웃는 모습이 예쁩니다.
경석이 妻는 인도네시아 작은 섬 출신입니다.
총소리로 잠이 들던 芳年입니다.
월남 오지 태생이라던 정한이 妻는 신접살림 난 지
달포만에 짐 꾸려 도망갔습니다.
술기운 오르면 정한이는 우리보다 더 열 올려 이년 저
년 핏대를 세우지만
밤마다 동구 밖까지 오토바이 타고 나갔다 한참만에
돌아오는 거 보면,
妻를 남몰래 기다리는 눈칩니다.
얼마 전 철재 妻가 까만 사내아일 낳았습니다.
경석이 妻는 이제 넘어지지 않고도 큰절을 올릴 수 있
게 되었습니다.
마을의 젊은 아낙들이 모이면 태국 전병이며 북경식
국수며

별미를 줄길 수 있습니다.
덤으로 고추 먹고 맴맴도 볼 수 있습니다.
월남전 때 아버지를 잃었다는 정한이 妻는 아무래도
비 오는 정글 속으로 들어간 것처럼
아직도 소식이 없습니다.

지뢰가 많을 텐데 말입니다.

*TV 프로그램

水沒地區

출렁이네
비늘 벗은 햇살
번쩍번쩍 거슬러 오르는,
四時長天 무지개 마을
호박꽃 하품하던 담장을 돌아
하품이라 속이던 눈물을 돌아
가재도구와
속속들이 늙어버린 수양버들과
병든 돼지나 양파처럼 통째로 묻어버린
청춘의 그늘 그늘로

유유히 몰려가는 고기 떼

잃어버린 비녀처럼
반짝이던
가시내 눈동자
사내들 휘파람 소리는,
깊은 주름처럼 난 길을 따라
새로운, 새로운 가을로 갔다

짐 꾸린 구월을 건너 대처로 떠난 사람들
철재, 한기, 순이, 마산댁, 용학이 아저씨

출렁이는 산 너머 저 쪽에도
슬픔은, 水草처럼 우거지고 있으리

씨암탉과 솥

엄만, 날 가졌을 때 유난히
식욕이 왕성해지더란다
충북 산골 식솔만 줄줄이 사탕인 가난한 집안에
먹을 건 너무너무 없는데
시어머니 밭일 나간 뒤
마당귀엔, 꼭 한 마리 남아 있던 씨암탉
눈에 큼지막하게 들어오더란다
눈치도 못 채고 고요히 거닐던 그 놈을
정신 없이
덥석, 잡긴 잡았다는데
솥에 물을 끓이고
그 놈을 솥에 넣으려다 말고 넣으려다 말고
결국, 푹 과 먹은 건
오후 한나절 햇살이었단다

깜짝깜짝 잘 놀라는
나를 낳기 위해

당당한 아버지

뒤안으로 쌀 됫박 안아 나르며 난
아버지의 건투를 빌었다
선거철에도
농지정리 측량 올 때도
난 손에 흙 한 번 안 묻힌,
아버지의 끗발을 빌었다
어머니 가슴처럼
푹푹 썩는 술 냄새로 돌아와도
벗어 논 백구두 반들반들 윤내며
핫, 자랑스럽던 아버지

남루한 아버지가
지난 밤 이불 속에서 손 뿌리치던,
아내의 뒤안을 기웃거린다

이럴 땐 그놈의 끗발을 믿고 싶다

76년, 아버지로부터

엄마가 동생 업고
김장 담아주러 간 날
사단장 아들을 패주었어
삐라처럼 흩날리던 나뭇잎,
자수할 수 없었던 거야
순순히 잡히는 공비 만나
특진이라도 했으면, 하면서
가막산* 정찰을 끝내고 모든 발자국
지우며, 날이 저물면
'나는 공산당이 싫어요' 이승복 군 어린이를 외우며
공산당보다 더 싫던 관사로
돌아오던 길 군인은
되지 않겠다고, 다짐했는데
암호도 묻지 않는 엄마와
조용히 손잡고 무릎 꿇던,
방공호 같은 방

아버진 만년상사였어

*경기도 적성면 마지리 소재의 山이름

어떤 이틀

한기 군 보러 안성 가는 길
쫑긋한 수 천의 귀로도
딴전 피우는, 대숲
다 져 쓸리는 노을
곰곰이 밟으며
멍든 하늘도 치어다 봤다
一竹* 가는 잇몸 붉은 흙 길가로
토실토실한 시름도 풍작이려니
그래 그래 그래 그래
산이 기울고
세월이 먼저 악수한다

주량이 줄었다는 것으로
오랜만이란 걸 안다
충분했다, 따지고 보면
은유 속으로 도주한 건
시대만이 아니다 활엽(闊葉)처럼 각
죽어버릴 수 없어 불끈,
붙들었던 꿈 醉氣의 뱃속엔 늘 한 여자가 있고
녹슨 통증이 있고

나빠진 건 시력뿐인걸
추억을 더듬어 도수 높은
너를 붙들고 아
버려진 건, 내가 아니라
우리였구나

말수 줄고
배웅이 길어진,
미인 같은 바람이 좋아 한 십 년 슬픈 한기 군

쪽지처럼 一竹에 끼워두었다

서울 필리피노

오늘은, 수첩에서 애인의 푸른 이름을 지웠다. 파키스탄 친구가 묵었던 409호실. 멱살 잡혀 있던 커튼이 합장을 한다. 이대론 돌아갈 순 없어. 유년의 병마개를 따며 마지막 술잔을 비운다. 빌어먹을, 소주병처럼 드러누운 불빛에 번지는 촉수 낮은 얼굴들. 싸구려 잡지를 펼치며 고향의 거리를, 덮어 버린다. 밀려가는 답장이 월급과 세월만은 아니다. 잠시 형편없는 희망들이 묶였다 풀리고. 돌아갈 수 없다로만 수북해지는 재떨이. 여인숙 안내실 벽에 걸려 있는 거울 앞에는 어린 작부가 헝클어진 눈빛 빗어내며 씨팔 웃고 있을 것이다. 잔기침 해대며 행여 골목을 바람이 돌아들고, 찾아지지 않던 누이가 성냥불처럼 조그맣게 웃다가 후욱—바래진다. 창문을 두드리는 비.

아무것도 열리지 않던

서울, 역 부근

한 며칠 지긋지긋한 비만 퍼붓는 중이다
서울의 불법에 익숙해지는 중이다

우리들의 장마

그는 신림동 한 여관에서 칼에 찔린 시체로 발견되었다. 화투짝 어지러운 군용 담요에 적당히 덮여, 휘발되지 못한 웃음과 핏덩이 아들을 남긴 채. 어머닌 영안실 구석에서 훌쩍이던 그의 아내에게 서방 잡아먹은 년이라고 바락바락 악을 썼고 옷걸이에 얌전하던 아버지 옷들이 주섬주섬 지펄 올리고 걸어나갔다.

몇 번의 착한 변명을 끝으로 젖 퉁퉁 부은 그의 아내는 짐을 꾸렸다. 균열이 균열이 아주 조금 갔을 뿐이야. 운다고 일이, 일이 해결되니? 일기장 같은, 그를 뭉그러뜨리며 웅성웅성 여름은 구인되고 있었지만, 어머닌 달력의 숫자를 바꾸거나 옷장을 정리하지 않았다.

세월이 약이라던가.
세월이 흘렀다.

할머니 손을 잡고 유치원 입학식에 다녀온 뒤로 조카는 할머니를 엄마라고 부르기 시작했고, 균열이 조금 아주 조금 간 여름이 침묵의 식탁으로 꾸역꾸역 비집고 들어왔다.

건지리*

막 따다 놓은 달이 자취방으로 진한 솔 향기를 깎아낸다
음성에서 부쳐온 몇 뙈기의 배추밭 위로 배추흰나비 같
은 불빛이, 차곡차곡 쌓인다 곰곰이 불어터진 라면, 국물
만 뜬다 선배가 가슴의 뒤쪽을 토닥인다 죄책감이란 또
얼마나 비듬 같은가 이 눅눅한 현실의 장판을 갈고 싶다

바람 잘 날 없던 몇 그루의 늙은이들이 베어졌다 그리움
처럼 두둑한, 일력을 넘기며, 빌붙어 지냈다 여으내, 나
는, 선배의 생활비와 절망마저 뜯어 쓰면서

악수의 실마리를 찾지 못해 주먹만 쥔다 세월만 월척이
어서 혼수의 사랑 때려죽이고 싶은 詩를 쓰면서 고향

어머니의, 방죽의 명암을 조금 조절한다

무소식은… 희소식… 이잖아요…

---

*경기도 안성 소재의 마을 이름. 인근에 대학이 있어 자취생이 많음.

나날들 1

1974년, 우리는 형사와 도둑이 되거나 승복 군과 공비
가 되거나 대통령과 영화배우가 되거나 마루치 아라치
가 되거나 전자인간이 되거나, 때때로 … 군인과 월맹군
이 되었다

아부지와… 엄마는… 되지… 않았다

그해 겨울, 우리는 팔각형 '비사표' 성냥으로 얼굴에
불을 긋고, 따분한 포즈의 왼갖 햇살을 태우며, 온종일,
가슴에, 화상을 입었고, 연탄 불구멍처럼 조금 열린, 하
늘은, 감질났다 겉표지가 뜯기고 남매가 행복해지는, 하
루의 낱장마저 뜯겨진, 낡은 동화책 속 엔, 함박눈

개들은, 행복하겠네?

환해지다 어두워지다 환해지다 어두워지다 참았던 하
루가 와락, 저물고 펑, 눈발 눈송이처럼 굵어진 누이의
눈물 훔쳐주고 나는, 찬밥을 말아먹었다 1979년, 우리의
문은, 밖에서부터 잠겨 있었다

개와 주인

키우던 개는 잡는 게 아니라며
부인이 말리는데도
장모님 몸보신이라도 시켜드려야지, 하며
K씨는 망치를 들고
동구 밖 미루나무 밑으로 간다
멋도 모르는 개가 해죽 해죽
주인 바짓가랑일 앞서거니 뒤서거니
조올졸 따른다

망치가 빗나가 깨애애애애애애애—깽
도망친 개를, 주인이 부른다
아주 안심하라는 듯 망치를 숨기고
쭈그리고 앉아 손을 내밀어
워리 워리 여여여여 여여여
워리 워리 여여여여 여여여

멀리서 머뭇머뭇 쪼뼛거리던 개가
꼬리를 약간 흔들며
돌아온다

—개가 죽었다

친구의 배역

말뚝이역을 훌륭하게 소화해내던 대학 동창을, 졸업하
고 몇 년 뒤

특집 드라마 '춘향전' 에서 보았는데, 방자역 역시 훌
륭하게 소화해내고 있었다.

한동안 바쁘게 지내느라 티브이 드라마를 눈 여겨 볼
틈이 없어

그 후 몇 년 동안 어떤 드라마에 출연했는지는 알 수
없지만,

얼마 전 무심코 돌린 채널에서 그 친구를 다시 보았다.

소설 '임꺽정' 을 각색한 드라마였는데 그 친구의 배역
은

서림이었다.

그가 숨긴 마패는 어디에 있는가

최영철(시인)

이론가에게는 탐탁지 않을 말일 수도 있지만 나는 아직도 시와 시인의 거리가 그다지 멀지 않아야 한다고 생각한다. 시와 시인이 너무 하나로 일치해버리면 때로 궁상맞기도 하겠지만 영 딴판이어서 겪는 배신감에 비한다면 그 쪽이 훨씬 낫다. 조풍호는 굳이 말하자면 한 칠십 퍼센트쯤 시와 인간이 합일되는 시인이다. 시는 다른 무엇과의 갈등과 합일이기 이전에 자기 자신과의 갈등과 합일을 밑천으로 쓰여진다. 시인의 자아는 자신이 생산하고자 하는 시의 세계와 때로 갈등하고 때로 조우한다. 그 양자의 끌어당김과 물리침은 한창 사랑이 무르익어가는 두 연인처럼 적절한 불협화음을 동반할 때 더욱 팽팽하게 유지된다. 그 둘이 별다른 갈등 없이 쉽게 합일되기만 한다면 시인의 시는 낭만의 수렁에 빠질 위험이 있고, 늘 상반되기만 한다면 공허한 이미지들의 나열이 되기 쉽다. 그런 면에서 그가 가진 칠십 퍼센트의 끌어당김과 삼십 퍼센트의 물리침은 시와 시인 모두에게 도움이 되는 배합비율이다. 칠십 퍼센트의 끌어당김은 삼십 퍼센트의 물리침 때문에 자주 절망하겠지만, 그 삼십 퍼센트의 이율배반은 칠십 퍼센트의 합일을 더 곤고하고 확실하게 유지시킨다. 그것을 시멘트와 물의 배합에 견주어도 좋으리라. 물은 시멘트의 미세한 입자들 사이를 파고들며 그들 사이의 결별을 종용하지만 그 힐난을 견디기 위해 시멘트의 입자들은 물을 끌어안으며 더 강하게 서로를 밀착시킨다. 물의 비율이 지나치게 강하거나 약하면 시멘트 입자들이 가진 그 낱낱의 고집스러움은 하나의 형상으로 거듭날 수가 없었을 것이다.

    푸른 혈관 속 독기 품고
    싹마저 틔운 감자 한 알
    장작더미에 파묻는다
    달구어지는 거죽, 빨리 오는 건 아픔이었다
    가슴의 이쪽으로 번지는 毒
    장작을 헤집어 감자를 꺼낸다
    저 혼자 터진 껍질, 그을린 상처 속으로
    毒이 있던 자리 멍들어 있고,
    단단히 버틴 속살
    속살만 다시 파묻는다 얼마를 기다려야 하나
    불 솟구면,

    눈이 맵다

그 끌어당김과 물리침의 배합비율은 이를테면 감자가 적당히 굽히는 시점과도 흡사하다. 시와 시인의 합일이 뜨겁게 달구어진 장작더미의 불기운이라면, 그 갈등은 물리치며 버티는 독의 속성이다. 활활 타오르는 불구덩이에 자신을 온전히 내맡기지 않고 어느 순간 몸을 뺄 줄 아는 의지가 있어 감자는 제 몸이 전소되지 않는다. 마찬가지로 제 몸을 엄습해오는 열기를 필요한 극한의 순간까지 견뎌내는 힘이 있어 감자는 또 설익지 않는다. 불덩이 속에서 독을 품고 견디는 지점에 그의 시가 있을 것이다. 더 멍들고 익기를 기다리며 시인은 자신의 내부에 들어앉은 감자를 자주 꺼내어 보고 있다. 그렇게 꺼내본 감자는 "저 혼자 터진 껍질, 그을린 상처 속으로/毒이 있던 자리 멍들어" 있다. 불기운을 견디지 못해 껍질은 터져버렸지만 독이 있던 자리는 그 불기운에 얼얼하게 멍이 들었다. 껍질만 타들어간 그 상태는 삼십 퍼센트의 끌어당김과 칠십 퍼센트의 물리침이 대치하고 있는 상황이다. 그것을 반전시키기 위해 시인은 "속살만 다시 파묻는다". 그리고 기다린다.

그 기다림의 시간들은 겪어본 사람들이 다 알다시피 혹독한 자기 갱신의 시간이다. 자기 갱신은 자기 확신에 기대기보다는 자기 불신을 에너지원으로 하여 완성된다. 시 「집」에 그려진대로 "구름이 예고편으로 다녀가고/소독약이, 겨드랑이며 다친 발목을 다녀가고/햇빛이 잠

시, 똥개의 헛바닥처럼 다녀가고/추억 속의 여자가 초인
종 소리처럼 다녀가고/재첩국 아줌마와 계란 파는 용달
차와/어린 가시내들의, 비누방울 같은 웃음소리 끝을/그
리움과 후회 등속이 확성기로 다녀가고/이 후미진 나라
로, 푸른 저녁이,/일수 끊는 아줌마처럼 다녀"가는 온갖
망설임과 유혹과 혼돈만이 주어진 시간이다. 감자가 알
맞게 구워지는 시간, 익명의 낯선 집 한 채가 온전히 자
신의 문패로 바로 서는 시간은 '최후통첩'과도 같은 '바
람'을 다 견뎌낸 뒤에 찾아온다.

가재도구에 죄다
딱지가 붙어 있다
두 살바기 푸들 '행복'이
곁에 와서 마음을 핥는다 창 밖,
비가 내린다
비는 세상에만 내리는데, 방안으로
빗소리가 샌다
처음엔 뚝 뚝 새던 것이 드디어
지붕을 뚫고 후두두 후두두 기총소사
딸애가 쓰러진다
아내가 가슴을 움켜쥔다
'행복'이 추욱 늘어진다
두 손으로 귀를 막는다 삶이,
손바닥만한 마흔을 관통한다
생활은 빗나가는 법이 없다

—천 발의 빗소리 통과한 뒤
일어서려다 털썩 주저앉는다
몸이 헐렁하다 슬픔만,
이불 속으로 숨는다
탄피 즐비한 방, 구석
딸애를 감싼 채 엎드려 있던 아내가
고갤 돌린다 아내의 얼굴이
뻥 뚫려 있다

울래야 울 수가 없게 된 것이다
—「탄피 줍는 아내」 전문

　이 시는 몇 가지 점에서 이번 시집의 한 정점을 이루고 있는 시로 읽힌다. 무슨 사업인가를 벌이다가 여의치 않아 가재도구에 죄다 딱지가 붙은 위기를 시인은 맞고 있다. 그것이 경제적인 파산인지 또는 생의 굽이마다 마주치는 정신적인 공황인지는 굳이 캐묻지 않아도 좋을 것이다. 원하든 원하지 않든 누구에게는 이런 상황은 찾아오게 마련이고 그 국면을 넘기며 우리는 변화한다. 도약의 한 전기가 되기도 하고 다시는 회복할 수 없는 나락으로 떨어지는 계기가 되기도 한다. 이 시의 화자 역시 지금 그런 참담한 생의 갈림길에 서 있다. 가재도구에 죄다 딱지가 붙은 파산을 맞아 시적 화자의 심정은 그지없이 참담하다. 그 참담한 심정은 강아지에게 마음을 핥도록 허락한 부분, 창밖에 추적추적 내리는 비, 방안으로 새어

들어오는 빗소리, 급기야 후두두 후두두 지붕을 뚫고 기
총소사 하듯이 고조되는 빗소리로 점점 골이 깊어진다.
그렇게 퍼붓는 천발의 빗소리를 맞고 주저앉은 시적 화
자의 몸은 헐렁하다. 아내의 얼굴도 뻥 뚫려 있다. 때 아
닌 공습에 패가망신한 처지를 그는 헐렁해진 몸으로 희
화화하고 있다. 여기에 그의 시인다움이 있다. 여기에 사
람이 보지 못하도록 슬픔을 이불 속으로 숨기고 그는 단
지 몸이 헐렁해졌다고만 말하고 있다.

　짐짓 이렇게 딴전을 부릴 수 있는 여유가 생긴 것은 절
망과 희망을 적절히 배합할줄 아는 지혜가 그에게 있기
때문이다. 절망뿐인 상황에서도 일정 비율을 희망으로
환치시키고, 희망뿐인 상황에서도 일정 비율을 절망으
로 환치시킬 줄 아는 것이 시인이다. 이와 달리 온전하게
절망과 희망뿐인 상황은 시인에게는 더없이 견디기 힘
든 지옥이다. 절망뿐일 때보다 희망뿐일 때가 더 견디기
힘든 상황일 것이다. 절망은 그것을 딛고 일어서고자 하
는 의지를 수반하지만 희망은 그만 그 자리에서 맥을 놓
고 주저앉게 만든다. 모든 진행에 제동을 걸며 자기 갱신
의 의지를 차단하는 성질이 있다. 시인에게는 희망의 조
건이 곧 독이다. 물러설 수도 나아갈 수도 없는 진퇴양란
의 상태였으나 이제 그는 그 찬란한 고비의 극점을 넘어
첫시집의 결실을 이루었다.

　다리 절며 지나갔다.
　강아지 한 마리.

가까이 다가가자
점잖게 경고하다,
알아들은 내가 재빨리 꼬릴 내리자
꼬리처럼 감출 게 많았던 내
젊은 날을, 천천히 지나갔다.
집 나온 게 분명한
꼬질꼬질 알거지 주제에
무슨 일이 있었냐는 듯,
배포 유하게 지나갔다.
밟으면 꿈틀할 것 같은 길을,
휘파람 불며
절룩이며
지나갔다.

햇살이
햇살 같았던 것들과 함께
다함께 미꾸라지처럼 쏜살같이 빠져나가던
오후의 길 위를,

성깔 있는 부처가

앞서 갔다.

—「공양미 삼백 석」 전문

이 시 앞에서 어쩔 수 없이 나는 그의 만행(萬行)을 들

125

먹여야 할까보다. 그는 지금 내 집과는 몇 개의 골목을
사이에 두고 살고 있다. 학원 선생을 하며 시인으로서의
신분을 은폐하고 살던 그를 만난 것이 한 2년 전쯤이었
다. 몇 편을 빼고는 모조리 미발표작인 시집 한 권 분량
을 받아서 읽게 된 것이 두 번째 만남에서였고 그때부터
그는 부지런히 시를 나에게 배달해주었다. 워드는 하지
만 컴퓨터를 믿지 않아 문서를 저장하지 않는다는 그는
새로 쓴 시를 두 장 인쇄해 한 장을 늘 나에게 주었다. 최
초의 독자인, 그것이 마지막 독자일 수도 있어서 그의 시
를 받아드는 나는 늘 가슴이 설레었다. 앞서 말한 만행은
그런 시 배달 행위를 말하고자 함이 아니다. 술자리에서
나보다 좀 빨리 취하는 편인 그가 독백처럼 풀어놓던 이
야기의 뒤끝에서 나는 그가 십대에 행한 만행을 알게 되
었다. 고교시절 가출해 여러 곳을 떠돌다 지금 살고 있는
부산의 사상공단에서 공원 노릇을 한 적이 있고 절간에
머문 적도 있었다고 털어놓았다. 그가 그런 말을 할 때마
다 나는 딴전을 피우거나 제발 그 따위 소리는 집어치우
라고 성화를 부리곤 했는데, 그건 지금 고백하건데 내 우
울한 십대가 되살아났기 때문이었다. 나에게도 무단가
출의 전과가 있었고 제법 긴 면벽의 시간을 거친 경험이
있었다. 어쨌거나 지금 그와 나에게 어떤 성취가 있다면
그 만행에 많은 부분을 빚지고 있을 것이다. 지금도 생각
난다. 며칠을 꼬박 굶은 채 걸어가는 길에 보았던 그 화
려한 속세의 양식들을. 그러나 그가 나와 달랐던 점은 다
같이 "집 나온 게 분명한/꼬질꼬질 알거지 주제" 였지만

그것에 현혹되지 않고 "배포 유하게" "휘파람 불며" "성 깔 있는 부처"처럼 "앞서 갔다"는 것이다. 그 만행은 공 양미 삼백 석에 팔려가는 길이었으며 또는 공양미 삼백 석을 구하러 가는 길이었다. 그와 나에게 어떤 득도가 있 다면 그건 정좌한 참선이 아니라 떠도는 만행 때문이었 을 것이다.

눈물 콧물
빨래들이 엉기어 있다
서로의 머리를 쥐어뜯으며
한 움큼 분해서
뒹굴면서
이거 안 놔 이거 안 놔
동네 사람들 동네 사람들
광고하면서
한참만에 뜯어말리고 나서야
이런 취급받곤 못 살아 못 살아
악만 남은 채,
길바닥에 퍼질러 시선을 푼다
촤악 촥
산동네 골목길로
널리는 바람

속 때 좀 뺐을라나?

눈물을 표백하는

햇살 부시다

—「오랜만에, 빨래하는 방법」 전문

　순탄하지 않은 시절을 건너온 이는 생의 여러 정황들을 인식하는 태도 또한 남다른 데가 있는 법이다. 인간사의 행불행은 양분되는 것이 아니라 경계가 없이 모호하게 또는 절묘하게 얽혀 있는 양상을 띤다는 것을 그는 알고 있다. 때에 따라서는 행복이 불행이고 불행이 곧 행복일 수도 있다. 앞의 시는 격렬하게 부부싸움이 진행되고 있는 상황이지만 그는 그것을 빨래를 하는 신나는 일상 행위에 비유하고 있다. 그러고 보니 부부싸움과 빨래하는 행위 사이에는 많은 유사성이 있다. 일상이 시들하고 지겹고 때가 덕지덕지 않기 시작했을 때 빨래와 부부싸움은 시작된다. 엉기고 뒹굴면서 격렬한 한 판 줄다리기를 벌인 뒤에라야 그 때는 시원하게 빠진다. 그렇게 묵은 때를 좀 빼고 나야 일상의 조건들이 다시 새롭게 눈에 들어온다. 물론 그것이 폭력을 동반하거나 습관화될 때는 시궁창에 빨래를 하는 행위에 다름아니겠지만 적당한 쟁투는 분명 충전과 환기의 효과가 있다. "서로의 머리를 쥐어뜯으며/한 움큼 분해서/뒹굴면서/이거 안 놔 이거 안 놔/동네 사람들 동네 사람들/광고하면서/한참만에 뜯어말리고 나서야/이런 취급받곤 못 살아 못 살아/악만 남은 채,/길바닥에 퍼질러" 앉은 산동네 골목길의 부부싸움은 일상의 더께를 날려 보내는 시원한 '바람'이다.

뒷짐을 지고 그 골목을 지나가며 이제 "속 때 좀 뺐을라
나?"하고 묻는 시적 화자의 표정이 능청스럽다.

    兵長의 마지막 휴가의 마지막 날 같은 서른
    광장과 차도의 경계선을 따라 벤치가 놓여 있지만
    이미 경계선이 되어버린 세월
    마음의 어깻죽지가 가려운 늙은이들만
    비둘기처럼 앉아 있다 이별은,
    바둑알처럼 깨끗해야 한다
    떠날 건지 돌아온 건지 모르는 중년의 사내나
    눈물이 얇을 것 같은 계집애는
    술 냄새의 도수로 사주(四周)를 들키기도 하겠지
    빼곡히 그리운 표정의 부랑자
    우두커니 길어진 그림자가 조그만 와불(臥佛) 같다
    천국을 목에 건 종교인들의 확성기 빌려
    오래 기다린 사람들 입에 들이대면
    깔깔거리던 웃음소리마저 슬퍼지리라
    바람처럼 화끈하게 보고 싶으면
    눈을 감아야 한다
    미안하다 여인아
    마음에는 천 개의
    마패가 있지만 보여준 건 다

    가짜였다

—「역(驛)」 전문

역이라는 공간은 많은 시간을 떠돈 그의 과거 이력을
적절히 함축하고 있다. 이름자에 들어 있는 바람 風처럼
그는 떠돌았지만 서른에 이르러 불현듯 그것과의 결별
을 생각한다. "兵長의 마지막 휴가의 마지막 날 같은 서
른". 참으로 쓸쓸하고 아득한 말이다. 한 연대를 청산하
고 새 길을 준비하는 희망의 말이기도 하다. 어딘가 정착
하기로 마음을 먹기 시작할 무렵에 이 시는 쓰여졌을 것
이고 그래서 광장과 차도의 경계선이 그 둘을 나누는 마
음의 경계선으로 눈앞을 가로막았을 것이다. 그때 그는
경계선 저쪽에 있는 지나간 시절을 향해 "이별은, 바둑
알처럼 깨끗해야 한다"고 중얼거렸을 것이다. 그리고 경
계선 저쪽으로 사라지고 있는 젊음의 한 시절을 향해 또
이렇게 중얼거렸을 것이다. "미안하다 여인아/마음에는
천 개의/마패가 있지만 보여준 건 다//가짜였다". 생의
절반에 이르러 지금까지 보여준 마패가 모두 가짜였다
는 고백을 하고 있는 그의 진심을 나는 쉽게 가늠하지 못
하겠다. 제멋대로 헝클어지기만 했던 지난 시간들을 깡
그리 지워버리고 다시 시작하고 싶었던 것일까, 아니면
말 그대로 가슴에 품은 마패를 드러낼만한 진정한 절정
의 순간을 한번도 만나지 못했다는 것일까. 그 어느 쪽이
어도 상관은 없을 것 같다. 그가 지금 가슴 깊은 곳에 진
품의 마패를 품고만 있다면 된 것이니까. 이 너저분한 혼
돈의 시간 앞에 그는 진품 마패를 함부로 꺼내 보이기가
싫었을지도 모르겠다. 그래서 이승에서는 그것을 한 번
도 우리에게 보여주지 않을 작정인지도 모르겠디. 그렇

지만, 그렇다고 해도 언젠가는 그의 품을 빠져나온 진품
마패를 나는 한 번 보고 싶다. 아니 다음에는, 그가 나에
게, 그의 시 독자에게, 진품 마패를 보여줄 차례다.